Y

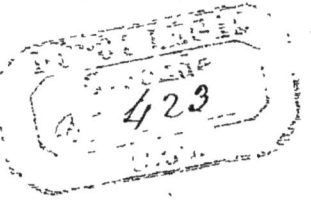

JULES DE GÈRES

L'ARBRE DEVENU VIEUX

PAYSAGE PHILOSOPHIQUE

(Extrait des *Actes de l'Académie impériale des Sciences,
Belles-Lettres et Arts de Bordeaux.*)

BORDEAUX

IMPRIMERIE G. GOUNOUILHOU

rue n hôtel de l'Archevêché (entrée rue Gaulaude) 11

1862

JULES DE GÈRES

L'ARBRE DEVENU VIEUX

PAYSAGE PHILOSOPHIQUE

(Extrait des *Actes de l'Académie impériale des Sciences,*
Belles-Lettres et Arts de Bordeaux.)

BORDEAUX

IMPRIMERIE G. GOUNOUILHOU

ancien hôtel de l'Archevêché (entrée rue Guiraude, 11).

1862

L'ARBRE DEVENU VIEUX

PAYSAGE PHILOSOPHIQUE

> (Tædet animam meam vitæ meæ.)
> JOB

I

C'était un beau hêtre. — Il voûtait
Sa cime dans les bleus fluides,
Et, tel qu'un chêne saint, datait
De l'ère auguste des Druides.

Des sublimes illusions,
Jacob, Joseph, élus étranges,
Auraient peuplé de visions
Cet arbre aux échelles sans anges.

De ses grands bras croisant le ciel,
D'enchevêtrements fantastiques,
Martinns, ce fils d'Ézéchiel,
Eût fait des batailles mystiques !

Sur la Seine, près de Marly,
Planait son envergure énorme,
Le Temps l'avait nommé : Sully,
Prenant un hêtre pour un orme.

Se recueillant, les voyageurs
Baissaient la voix sous son dais sombre ;
Les bateliers et les nageurs
Craignaient l'eau glissant à son ombre.

Sur son noir branchage, alangui
Par les ans, les tares, les plaies,
La grive avait greffé le gui
En bouquets verts à blanches baies.

De son vaste chef éploré
Tombaient, accablements de l'âge,
Autour d'un fût décoloré
Comme des larmes de feuillage !

Ses larges flancs cicatrisés
En lignes sévères, arides,
De la foudre aux traits ardoisés
Montraient les verticales rides.

Dans l'épaisseur de son bois creux,
Au seuil de sa taille géante,
S'ouvrait, repaire dangereux,
Une crypte obscure, béante ;

Là, de frêlons velus, hardis,
Une insolente myriade
Bourdonnait, où veilla jadis
La fidèle Hamadryade ;

Là, vrilles tenaces, les vers,
Déblayant leurs fines striures,
Tamisaient, dans les longs hivers,
Une montagne de sciures !

Ses racines, serpents noueux,
Crispés en de sinistres formes,

Au versant du talus boueux
S'écartelaient en bonds difformes !

De loin, sur le pâle horizon,
Comme un Titanique fantôme,
De son opaque frondaison
S'arrondissait l'immense dôme !

En débordant ce spectre obscur
A l'heure où le Grand-Duc pérore,
La lune, déjà d'un rond pur,
Sortait d'une seconde aurore.

Sur ce faîte, aimé des brouillards,
Maintes hordes tourbillonnantes,
Décrivaient, essaims babillards,
Un nimbe d'ailes frissonnantes ;

Puis, au cœur de l'ombrage épais
Que nulle tempête n'effraie,
A petit bruit plongeant en paix,
S'endormaient au cri de l'orfraie.

Dès qu'aux guérets sifflant l'éveil
Sautait la fringante alouette,
Le premier éclat du soleil
Dorait sa calme silhouette.

Et cependant, pour compléter
Ce fier colosse millénaire,
Il eût fallu le transplanter
En un désert imaginaire ;

Le voir seul, unique, isolé,
Dans la plaine rase et livide,
Secouant son front désolé
Sur le morne infini du vide !

Mais symétriquement taillés
Par le soc qui trace et cultive,
Des alentours trop travaillés
Mésalliaient sa perspective.

Puis l'écho discord, les clameurs
Du gouffre où bruit la folie,
Lassaient d'éternelles rumeurs
Sa constante mélancolie !

J'aime les vieux arbres : je sens,
Comme les inventeurs de fables,
Qu'ils ont, pour amortir les sens,
Des secrets divins, ineffables ;

Qu'il fait bon vivre à leur fraîcheur,
Dans leur pénombre inspiratrice,
Hanter leur silence prêcheur,
Leur sérénité bienfaitrice ;

J'aimais surtout, loin du tyran
Que l'esclave nomme le monde,
Ce sympathique vétéran
Que nulle contrainte n'émonde ;

La tempe nue, ouverte au vent
Qui souffle la vie et la force,
O liberté ! j'allais, souvent,
Philosopher sur son écorce !

Et dans sa paix enseveli
Durant de secrètes semaines,
Goûter un vrai bonheur, — l'oubli
Des agitations humaines !

Or, un soir d'octobre, attardé
Sous le cintre ombreux de son arche,

J'entendis, — poids mille ans gardé, —
Se lamenter le patriarche.

J'écoutai, pour y compâtir,
Affectueux dépositaire,
La longue douleur du martyr
Tomber dans là nuit solitaire !

Le fleuve attendri modérait
Les ressacs du courant rapide,
Et l'accent du Hêtre vibrait
Dans la tranquillité limpide.

II

« Je succombe ! — O fardeau des temps !
» Lenteur languissante des heures !
» Excédé de vivre, j'attends
» La mort ; — et des phases meilleures !

» L'homme éphémère ne sait pas
» (Si prompte est pour lui la sentence)
» Ce qu'enferment dans leur compas
» Dix siècles de stable existence !

» Dans ces inférieurs séjours,
» Subir, minute par minute,
» Plus de trois millions de jours,
» Quelle incommensurable lutte !

» Et sans cesse, et fatalement
» Au même poste ; — sentinelle
» Qu'on oublie indéfiniment,
» Immuable, — presque éternelle !

» Consigne d'immobilité
» Qu'un ordre latent, despotique,

» M'intime à perpétuité
» Dans un cercle égal, identique :

» Quand viendrez-vous me relever,
» Créateur des forêts vibrantes ?
» Quand pourrai-je me retrouver
» Libre, — au sein des sèves errantes ?

» Sous mes rameaux, depuis mille ans,
» Mutilés par d'âpres corvées,
» Les éperviers et les milans
» Ont dévoré tant de couvées !

» Tant de bourgeons, flétris au froid
» Dont rougissent mes tendres pousses,
» Ont engraissé l'humus qui croît
» Sous leurs monceaux fourrés de mousses !

» Je résiste seul ; — et pourquoi ?
» Impitoyable Fantaisie !
» Dur caprice du maître ! — Loi
» Qui m'épuise... et me rassasie !

» J'endure par ta volonté,
» Dispensateur inexorable,
» L'énervante uniformité
» Des maux le plus intolérable !

» Encor si le calme, — ce bien
» Aidant à porter l'esclavage, —
» Apaisait mes douleurs... mais rien
» Ne fléchit ce concert sauvage !

» En juillet, pendant les ardeurs
» D'une cuisante canicule,
» Par leurs agaçantes strideurs,
» De l'aube jusqu'au crépuscule,

» Les aigres cigales, sans fin,
» Crecelles criardes, aiguës,
» Assourdissent l'étroit ravin
» Où montent les grandes ciguës ;

» Après leur sabbat, le grillon,
» Froissant deux élytres bruyantes,
» Entonne un perçant carillon
» De strettes sèches et fuyantes !

» Dès qu'ayant tiré le verrou
» L'humble ménagère tisonne,
» Des bruns nocturnes, du hibou,
» La note comme un glas résonne !

» Les verts reptiles entassés,
» Troupes rivales, tapageuses,
» Coassent à fleur des fossés
» Pleins de flaques marécageuses ;

» Puis le coq vaniteux, dispos,
» S'égosille avec violence ;
» Jamais un soupir de repos,
» Jamais un éclair de silence !

» Que faire ? — Observer ? Regarder ? —
» Mais, — renaissante parodie ! —
» Ce théâtre usé va garder
» Sa vieille et fade comédie !

» Résigné, j'écoute, je vois.
» Le long spectacle auquel j'assiste
» Est, recommençant chaque fois,
» Semblable depuis que j'existe !

» Que dis-je ? Autrefois, fleurs au front,
» La jeunesse, gaîtés champêtres,

» Autour de moi dansait en rond...
» On ne danse plus sous les hêtres !

» Un jour, ici, belle d'effroi,
» Échappée aux fêtes d'Asnières,
» Fontanges, fuyant le grand Roi,
» Vint agenouiller ses prières !

» Il n'est plus de royal amant
» Ni de duchesses amoureuses :
» Il est perdu le mot charmant
» Qu'étouffaient nos ombres heureuses !

» Témoin de prompts engagements
» Scellés de promesses peu franches,
» J'ai compté plus de vains serments
» Qu'il n'est de feuilles à mes branches !

» Sur mon épiderme discret,
» Que d'espérances enchantées
» Ont gravé l'éternel secret
» Des jeunes flammes tourmentées !

» Souvent d'un amer repentir,
» Peines des ingrats ignorées,
» J'entendais bientôt retentir
» Ces pelouses décolorées !

» Les échos s'unissaient en chœur,
» Habitués au triste thème !
» Nous savons ces romans par cœur,
» L'épilogue est toujours le même !

» Mieux nous plaît le gai son de l'or,
» Quand le recéleur ou l'avare
» Enfouissent leur blond trésor,
» Tremblants et furtifs ; — c'est plus rare.

» Et les forfaits ! — J'ai conservé
» Le secret de la sépulture
» Du passant tardif, achevé
» Dans quelque tragique aventure !

» Et les duels ! — Je suis loué
» Pour chaque rencontre fougueuse ;
» L'acier pénétrant a cloué
» Des seins nus sur ma peau rugueuse !

» Des mourants les râles éteints
» Passent dans mes songes sans trêve !
» De leur sang mes éclats sont teints,
» Leur âme a monté dans ma sève.

» Et vous, effrois soudain surgis !
» Remous des discordes civiles,
» Essuyant à nos bords rougis
» L'écume sanglante des villes !

» Ah ! que de fois épouvantés
» Par les terribles représailles,
» De pâles vaincus rejetés
» De Saint-Cloud, Paris ou Versailles,

» Accoururent, bleus de frissons,
» Les pieds saignant dans leurs chaussures,
» Étendre, au ras de ces buissons,
» Leurs corps épuisés de blessures !

» Les grêles du plomb assassin,
» Les hurlements de la furie,
» L'appel lugubre du tocsin,
» L'éclat sourd de l'artillerie ;

» Ces bruits meurtriers, odieux ;
» Ces tableaux souillés d'agonie,

» Pour jamais, présents à mes yeux,
» Font mes tristesses infinies !

» Même sous un ciel consolé
» Leur épouvante me torture ;
» Les hommes pervers m'ont troublé
» La paix sainte de la nature !

» La Terre par eux a perdu
» La placidité de ses charmes,
» Et dans ce grand deuil répandu
» Coulent ses invisibles larmes !... »

III

Il s'arrêta. — Dans l'air léger,
Mêlant les feuilles sur ma tête,
Courut un frisson messager
D'une explosion de tempête...

Pourtant, le firmament serein
Resplendissait d'azur tranquille ;
Le fleuve, d'un poli d'airain,
Coulait sur sa pente immobile.

Mais, d'un immaîtrisable effort,
Ce calme avait la prescience ;
Le vieux Hêtre reprit, plus fort,
Désespéré de patience :

IV

« Dieu juste ! arrachez-moi d'ici !
» Que ce môle éclate et s'entr'ouvre !
» Soulevez ce sable durci
» Qui pèse à mes pieds et les couvre !

» Déracinez le froid vieillard
» Avant ces nuits noires de pluie,
» Où, dénudé par le brouillard,
» Son squelette pleure et s'ennuie!

» Septentrion, qui dois mugir,
» Que ta colère me délivre!
» Penser, et ne pouvoir agir,
» Équité divine, est-ce vivre?

» Créé pour cette immensité
» Sur moi sans voiles suspendue
» Je veux ma part de liberté
» Dans l'universelle étendue!

» Mes droits sont anciens; j'ai tant vu
» Tomber de mes frères! — La Seine
» Vers Honfleur, de bois dépourvu,
» De leur vie a porté la scène.

» Ils sont partis!... Je suis resté,
» Sommet néfaste, monotone,
» Maudissant cette immunité
» Qui m'épargne encor lorsqu'il tonne!

» Quand de l'Occident essoufflé,
» Dans son ronflant buccin de cuivre,
» La fureur s'acharne, — ébranlé
» J'étire mes bras pour le suivre...

» Je voudrais devancer le vol
» Du vent chassé des antipodes,
» Et ne sais bouger de ce sol
» Où végètent ces lycopodes!

» Je voudrais, étreignant les flancs
» Du véloce ouragan qui passe,

» Sillonner de tisons sifflants
» L'atmosphère embrasant l'espace!

» Ou, tel que la vapeur qui fond
» Dans l'étendue avide et claire,
» Plonger sous l'horizon profond
» D'où vient le rayon qui m'éclaire,

» Aller droit vers l'orbe inconnu,
» Et, d'une aile persévérante,
» Fendre l'air libre et continu
» Avec l'hirondelle émigrante.

» Non, inébranlable, plié
» Sous le poids augmentant des âges,
» Je vois, à ma glèbe lié,
» Ces sempiternels paysages!

» Mes longues racines, ces fers
» M'enchaînant, forçat de naissance,
» Jusqu'à la voûte des enfers
» Rivent ma captive croissance!

» Au moins, plus heureuse que moi,
» Livrée à la brise frivole,
» Dans un facile et simple émoi
» Ma feuille distraite s'envole!

» La vague, à mes pieds s'emparant
» De sa dépouille riveraine,
» Jusqu'à la mer, l'y préparant,
» La berce, l'amuse, — et l'entraîne!

» Par son frais cristal aimanté,
» Le saule, flexible d'allure,
» Trempe dans le bain convoité
» Sa miroitante chevelure!

» La salicaire, se penchant,
» Mouille au flux son rose pétale;
» Moi, que l'été va desséchant,
» J'aperçois l'eau comme Tantale!

» Le bolet, ce nain que d'en haut
» J'insultais d'un mépris superbe,
» Usant l'existence d'assaut,
» En dix jours naît et meurt sur l'herbe!

» Chaque automne son disque d'or
» Ressuscite après la ramée;
» Pour mourir et renaître encor,
» Que le géant n'est-il pygmée?

» Mon tronc, de fatigue entr'ouvert,
» Rongé par les grimpeurs voraces,
» Troué par le bec du pivert
» De vingt tourments porte les traces.

» Ruineuses activités!
» Tournoi d'incessantes visites!
» Je nourris dans mes cavités
» Un peuple de vils parasites.

» Qui compterait mes ennemis?
» Les rats armés de crocs et d'ongles,
» Les sauriens gris, les fourmis,
» Les lombrics, les tarets, les strongles;

» Les chenilles, les hannetons
» Larvés dans mes molles artères,
» Les guêpes, les mouches, les taons,
» D'innombrables coléoptères;

» L'enfant cruel, le braconnier,
» Gent qui me crible, qui me cingle! —

» Mieux vaudrait le bûcher dernier
» Que ces lentes pointes d'épingles !

» Avec quels sourires j'attends,
» Après les coups de la cognée,
» L'effort des câbles insistants !
» Fin du supplice, — bien gagnée !

» Tout sort m'apparaît moins amer !
» Je préfère, à ce long outrage,
» Sombrer, ais de terre ou de mer,
» Dans l'incendie ou le naufrage !

» Au lieu de moisir incrusté
» Dans ce tuf que le silex pave,
» Quel bonheur, sur l'onde emporté,
» De voguer proue, et même épave !

» De voir s'abaisser les niveaux
» De ces lointains invariables ;
» D'aborder, aux pays nouveaux,
» Les destins rêvés, enviables !

» Après l'inerte fixité,
» La mort, la nature asservie,
» Connaître la mobilité,
» Le hasard, — l'imprévu, — la vie !

» Heureux le libre moucheron
» Qui s'élance aux rives prochaines !
» Je bénirai le bûcheron
» Dont la hache rompra mes chaînes !

V

La voix se tut dans l'air altier.
L'insensibilité du marbre,
L'égoïsme du globe entier
Accueillit les plaintes de l'arbre.

VI

L'an d'après j'étais revenu
(On revient souvent quand on aime,)
Le long du rivage connu
Feuilleter l'éternel poème !

Un souffle moirait les blés mûrs,
Midi brûlait ; l'ombre solaire,
Étroite et bleue au nord des murs,
Les ourlait d'une frange claire.

Dix grands mois étaient révolus,
Un siècle ! — Je cherchai le hêtre :
Ce splendide ami n'était plus.
Ainsi des martyres de l'être,

La mort les abrége toujours.
Insensé vraiment qui l'invite
A se hâter à son secours ;
N'y vient-elle pas assez vite ?

L'envieux s'était embarqué :
Un ingénieur en tournée
L'avait trouvé beau, puis marqué
Pour une haute destinée.

Qu'était devenu ce penseur ?
Quille ? Mât ? Ponton d'abordage ?
Garde-Côte ? Auvent défenseur ?
Plancher ? Vulgaire échafaudage ?

Était-il plus heureux ? — Qui sait ?
Les avenirs pleins de merveilles,
Que son vif désir traversait,
Valaient-ils ses austères veilles ?

Dans les parcours éoliens,
L'âme, du cadavre allégée,

Regrette-t-elle ses liens
Et sa félicité forgée?

Qu'es-tu, lendemain du trépas?
Peut-être, éblouissant mystère,
L'inconnu rêvé n'a-t-il pas
Ce qu'en croit deviner la terre?

De l'aube des temps jusqu'au soir,
Posant la fin du grand principe,
Sphinx éternel, tu peux t'asseoir :
Il ne passera point d'Œdipe.

Garde l'impénétrable loi,
Tout arrivant cherche, et succombe.
S'il est une énigme, c'est toi,
Secret, — absolu, — d'outre-tombe!

L'homme voit, aux cycles des cieux,
Un astre, deux siècles d'avance;
Le calcul certain de ses yeux,
Prédit son cours et le devance.

Mais, pour sa propre éternité,
Sa prescience est inféconde;
Du jour qui suit son jour compté,
Que sait-il? — Pas une seconde!

Le hêtre était mort, c'est le fait,
Et le problème, je l'ignore. —
Mais juillet vivant triomphait
Flambant d'un mirage sonore;

Mais sur le tertre reverdi,
Où l'herbe comblait les crevasses,
Du tronc à peine refroidi
Remontaient cent rejets vivaces;

Mais sur l'un d'eux, souple roseau
Balançant aux brises soyeuses,
S'extasiaient d'un jeune oiseau
Les fugues fraîches et joyeuses !

L'hirondelle en détours charmants
Piquant les ondes transparentes,
De saphirs et de diamants
Perlait ses courbes enivrantes ;

Le fleuve ravi mesurait
Les fuites du courant rapide,
Et la vie ardente vibrait
Dans la sérénité limpide

Bordeaux. — G. Gounouilhou, imp. de l'Académie, rue Guiraude, 11.